Para todos aquellos que saben que
hacer el bien a los otros
es hacerse bien a sí mismos.

For all those who
know that to help others
is to help themselves.

No part of this publication may be reproduced in whole or in part, or stored in a retrieval system, or transmitted in any form or by any means, electronic, mechanical, photocopying, recording or otherwise, without written permission of the publisher.

Requests for permission to make copies of any part of the work should be mailed to:
Bat Conservation International, P.O. Box 162603, Austin, Texas 78716

ISBN 0-292-75575-9

Text and illustrations copyright ©2000 by Laura Navarro and Juan Sebastián
Edited by Elaine Acker
Designed by Stormy Lockwood and Elysia Wright Davis
Photograph of Laura Navarro by Elaine Acker
Photograph of Juan Sebastián by Eric Sarmiento

All rights reserved. Published by Bat Conservation International, Inc.
P.O. Box 162603, Austin, Texas 78716
Printed in the U.S.A.

Acknowledgements

The author would like to thank the following people for their help in creating this book:
Rodrigo Medellín, Joaquín Arroyo, Leticia Reyes, Ma de Jesús Teniente, Ma Luisa Franco, Manola Rius, Jenny Pavisic, Nuria Gómez, Blanca Cevallos, Steve Walker, and Sara McCabe.

Bat Conservation International and the Programa para la Conservación de los Murciélagos Migratorios gratefully acknowledge our partners in the protection of migratory bats, who made this publication possible:

Flores para Lucía, la Murciélaga

Flowers for Lucia, the Bat

By Laura Navarro
Illustrations by Juan Sebastián

Lucía era una pequeña muy inquieta. Al poco tiempo de nacida, su madre le dijo que iba a tener que salir a buscar comida.

"Lucía," le dijo su madre, "tú todavía no sabes volar, y es importante que sepas que en ésta cueva viven muchos otros seres vivos que se comen todo lo que se cae. Quédate aquí bien quietecita como estos murciélagos. Ahora vengo."

Y salió volando.

Lucia was a restless little bat. Soon after Lucia was born, it was time for her mother to go out and search for food.

"Lucia," her mother said, "until you learn to fly, you need to stay here. We share this cave with many other creatures, so you must be still like the other baby bats. I won't be gone long."

And then she flew away.

Lucía se quedó acurrucadita junto a los demás, pero empezó a sentir una gran curiosidad por conocer a los otros animales. "¿Cómo eran?" Lucía decidió acercarse un poquito para verlos, aunque fuera de lejos, y al tratar de bajar por una piedra, ésta se desprendió y Lucía empezó a caer.

Afortunadamente, justo en ese momento entró su madre y logró detenerla. ¡Qué susto se llevaron! Su madre le dijo muy enojada, "Lucía, te dije que te quedaras quietecita, ¡Apenas logré detenerte!"

Lucía bajó la cabeza, abrazó muy fuerte a su mamá y pensó, "Tiene razón. ¡La quiero mucho! ¡Cuando sea grande quiero ser como ella!"

Lucia huddled with the other babies, but wondered about the other cave creatures. "What kind of animals are they?" She wiggled around to try to see them, but a stone came loose from the wall. She began to fall!

Luckily, her mother flew into the cave at that moment and caught Lucia before she hit the ground. They were both so frightened! "Lucia!" her mother scolded. "I told you to stay still. You almost fell to the floor!"

Lucia looked down. "I'm sorry, Mama!" she said. Then she hugged her mother tightly and thought to herself, "She is right. She is wonderful! When I grow up I want to be just like her!"

La siguiente noche, su mamá salió a comer. Lucía se quedó muy quietecita. En cuanto llegó su madre, Lucía la abrazó y se dio cuenta de que un polvito amarillo le cubría su cara, orejas, y parte de su cuerpo. Olía riquísimo y empezó a lamerlo.

"¡Mmm! ¡Está delicioso! ¿Qué es, Mamá? ¿Cuándo podré yo salir a buscar más?"

"Ten paciencia Lucía," le contestó su madre. "Dentro de un año ya podrás hacerlo todo tú sola."

The next night, while her mother was gone, Lucia stayed very still. When her mother returned, Lucia hugged her and noticed a yellow powder covering her mother's face, ears, and part of her body. It smelled very nice, and Lucia licked it.

"Mmm! It's delicious!" Lucia said. "What is it, Mama? When can I go with you and get some?"

"Be patient, Lucia," her mother said. "In a year you will be able to do everything on your own."

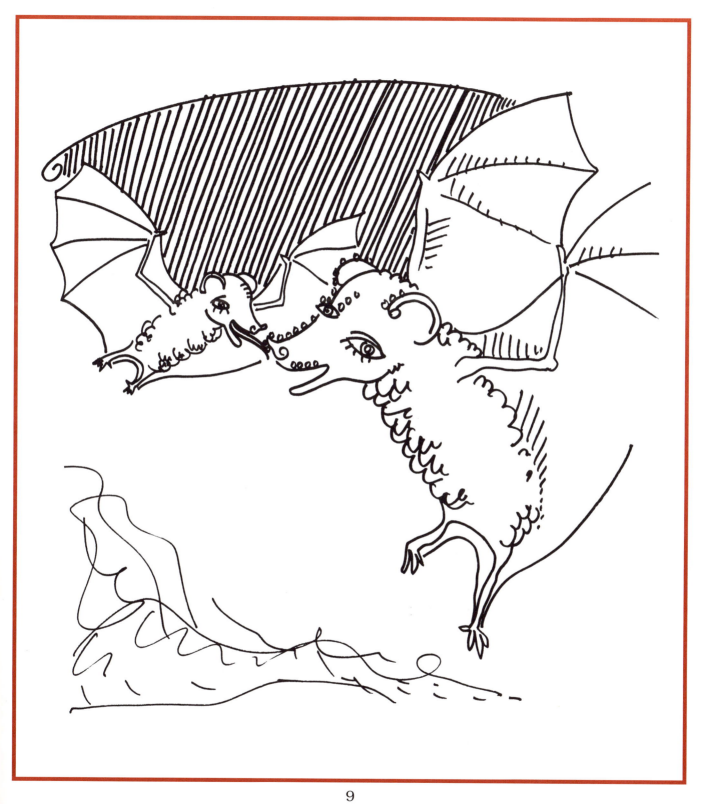

Desde esa noche Lucía sólo pensaba en crecer. Todo el tiempo movía las alas y volaba de una piedra a la otra. Su madre siempre estaba con ella, animándola. Un día se le acercó y dándole un gran beso, le dijo, "Has aprendido muy rápido, así que mañana por la noche saldremos a buscar comida las dos juntas."

Lucía aleteó de emoción, estaba feliz. "¿Cuánto falta para que sea mañana, Mamá? ¿Qué vamos a ver?"

Su madre la abrazó y le contó lo que harían la noche siguiente hasta que Lucía dio un ronquidito y se quedó profundamente dormida."

From that night on, Lucia could only think of growing up. She stretched her wings all the time and flew from one stone to another. Lucia's mother was always nearby, encouraging her. One day, her mother gave her a big kiss. "You have learned quickly," she said to Lucia. "Tomorrow night we will fly out together to search for food."

Lucia was excited and flapped her wings. "How long is it until tomorrow, Mama? What will we see?"

Lucia's mother hugged her and told her about all the things they would do the following night. Then Lucia gave a little snore and fell sound asleep.

Apenas empezaba a atardecer cuando Lucía despertó. Su madre le dijo, "Duérmete otro rato más. Saldremos ya bien entrada la noche." Lucía trató de volverse a dormir pero no pudo. Su cabeza iba a mil por hora imaginándose todo lo que había afuera. Finalmente, su madre le dijo, "Vamos hija. Ya es hora de salir."

Apenas salió de la cueva, Lucía quedó impresionada ante la imponente belleza de la noche. El aire olía muy distinto. Percibía árboles enormes, plantas, piedras, y muchas cosas más. Algo blanco y brillante llamó su atención. Era la luna.

It was almost dark when Lucia woke up. "Go back to sleep," her mother said. "We won't leave until it is very dark." Lucia tried to sleep but she couldn't. Her mind raced as she imagined all that she would discover. Finally, her mother said, "Come, dear. It's time to leave."

As she flew out of the cave, Lucia was dazzled by the beauty of the night. The air smelled different. She saw huge trees, plants, rocks, and cliffs that she could never have imagined. Then, something white and shiny caught her eye. It was the moon.

A la luz de la luna, Lucía percibía las flores. Su madre le dijo, "Hay muchas y de diferentes clases que durante la noche abren sus pétalos y algunas producen alimento para nosotros. Esa que está ahí se llama cazahuate, esa saguaro, y esa otra, agave. De ellas proviene ese olor tan agradable y en ellas se encuentra ese polvito amarillo que tanto te gusta, que se llama polen. Además también contienen néctar, que es un juguito de sabor delicioso. Este es el alimento que nosotros necesitamos para tener fuerzas para volar y divertirnos todas las noches."

Se acercaron a las flores y su madre le mostró a Lucía cómo había que meter la cabeza en una flor y cómo usar la lengua para tomar néctar. También le enseñó cómo volar quieta en el aire, para poder permanecer frente a la flor mientras bebía néctar.

In the moonlight, Lucia could see many flowers. Lucia's mother said, "There are many different kinds of flowers. A few special flowers open their petals at night. This one is called a morning glory tree; this one, saguaro; and the other is agave. They smell good, and inside you will find the yellow powder, called pollen, which you liked so much. The flowers also contain a delicious juice called nectar. This is the food that gives us strength to fly every night."

They flew close to the flowers and her mother showed Lucia how to put her head in the flower and use her tongue to drink nectar. She taught Lucia how to move her wings so she could stay still in front of a flower while drinking nectar.

Lucía hizo su primer intento pero apenas logró tomar una probadita de polen, porque al meter la cabeza se picó un ojo con los estambres de la flor. Pero Lucía se sentía emocionada. ¡Había comido por sí misma directo de la flor un poco de rico polen!

Su madre se le acercó y acariciándola le dijo, "Muy pronto, con la práctica, serás una experta. Tu cuerpo tiene el diseño perfecto para meterte en la flor. Por eso nuestra cabeza y hocico son puntiagudos y nuestras orejas pequeñas. Y por eso también tenemos una lengua larga con pelitos en la punta, que podemos estirar tanto como queramos para rascar hasta el fondo de la flor. Mañana saldremos otra vez."

The first time Lucia put her head into a flower, the stamen, a part of the flower, poked her in the eye. But she was excited. She had gotten pollen all by herself straight out of a flower!

Her mother cuddled her and said, "Soon, with practice, you will be an expert. Your body is perfectly designed to eat and drink from flowers. That is why your head and nose are pointed. Your ears are small so they can fit inside. You also have a long tongue with a hairy tip that stretches far inside the flowers. Tomorrow we will go out again."

La noche siguiente Lucía salió dispuesta a darse un gran anquete. Se dirigió volando hacia una flor y comió rápidamente. "¡Esta vez lo hiciste muy bien, hija!" le dijo su madre muy orgullosa.

"¡Sí mamá!, ¡lo logré!" gritó Lucía emocionada. "Pero todavía tengo hambre, esa flor tenía muy poquito polen."

Su madre soltó una carcajada. "Sí, hija, eso tiene una buena razón de ser. Entre las flores y nosotros existe una relación importante, antigua, y también muy amorosa."

The next evening Lucia was ready for a feast. She flew directly to a flower and fed quickly. "You did it just right this time, Lucia!" her mother said, proudly.

"I did it!" shouted Lucia. "But I'm still hungry. That flower didn't have much pollen in it."

Her mother laughed. "Yes, little one, there is a good reason for that. There is a very old and important friendship between the flowers and us."

"Nosotros dependemos de las flores para comer," dijo su madre, "pero ellas también nos necesitan. Estas flores tienen una forma especial y se abren en la noche para que nosotros podamos meter la cabeza. Además, son de tonos claros para que nosotros las podamos ver, y producen ese delicioso olor que nos ayuda a encontrarlas fácilmente.

Nosotros, a cambio, en una noche comemos polen de varias flores y en el pelo de nuestro cuerpo transportamos el polen de una planta a otra. Así les ayudamos que se reproduzcan y se mezclen unas con otras, para que cada día nazcan nuevas plantas más fuertes y más sanas."

"Ven, vamos a comer de esas otras flores que se ven allá," dijo Lucía.

"We depend on the flowers for food," Lucia's mother said. "But the flowers need us, too. They have a very special shape, and open their petals at night so that we can stick our heads inside. They have a light color, so that we can see them, and their wonderful smell helps us find them easily.

"In return, when we eat pollen from many different flowers," her mother continued, "our bodies carry the pollen from one plant to the next. When the pollen is mixed, new and healthier plants will grow."

"Come on," said Lucia. "Let's taste those flowers over there!"

En poco tiempo Lucía se hizo experta en las distintas flores. Cada noche volaba más y más y se iba más lejos para encontrar comida. Así, fue creciendo haciéndose fuerte. Una noche, Lucía escuchó hablar a un grupo de hembras sobre un gran viaje. "¿Es verdad que vamos a un gran viaje?" Lucia preguntó a su madre.

Su madre sonriendo le contestó, "en poco tiempo estarás preparada para un largo viaje se llama un migración. Migramos dos mile kilómetros cada año para evitar el frío y encontrar más comida. Esta migración terminará en una hermosa cueva donde nos reuniremos con murciélagos que vienen desde diferentes lugares para aparearnos.

Lucía se quedó emocionada. ¡De modo que haremos un viaje! Salió volando a contárselo a sus amigos.

Soon, Lucia became an expert at recognizing different flowers. Each night she flew farther and farther, and every day she became bigger and stronger. One night, Lucia overheard other female bats talking about a long trip. "Is it true?" she asked her mother. "Will we take a long trip?"

Lucia's mother smiled and said, "Soon, we will be ready for the long trip called 'migration.' Every year we migrate 1,200 miles to escape the cold and find more food. This trip ends at a beautiful cave where we'll meet lots of other bats from very different places."

Lucia was excited. They were going on a trip! She flew away to talk to her friends.

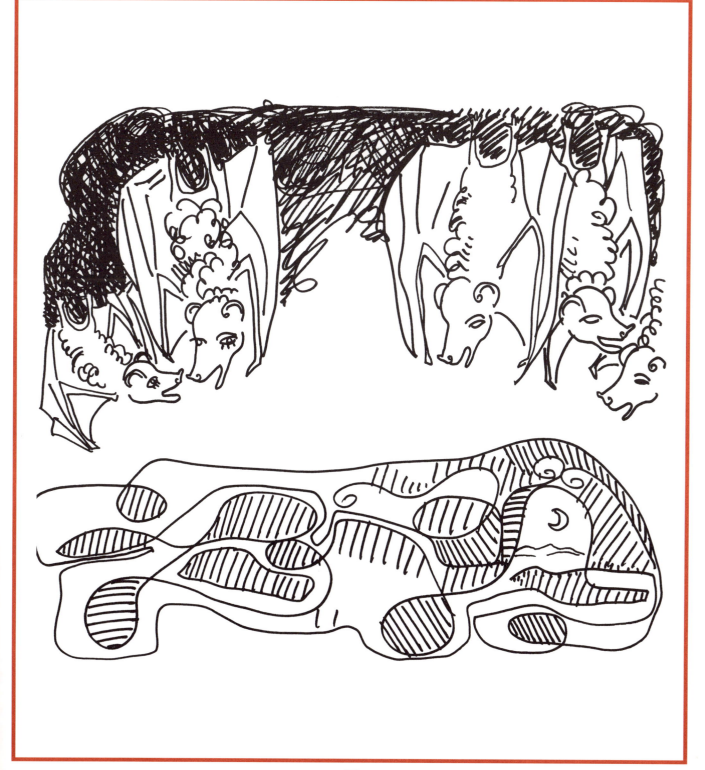

A los pocos días, Lucía se despertó con el ruido y el alboroto que hacían los miembros de la colonia. "¿Qué pasa, mamá?"

"Ha llegado la noche esperada, Lucía. Ahora empezará el largo viaje de la migración."

Todos los murciélagos salieron de la cueva y Lucía voló con ellos muchos kilómetros. Mas tarde, la colonia de murciélagos se detuvo en otra cueva. Todos estaban cansados, pero también muy contentos.

A few days later, Lucia awoke to loud noises from other bats in the colony. "What´s going on, Mother?" she asked.

"Tonight's the night, Lucia," her mother said. "Our long migration starts now."

The bats left the cave and flew for many miles. When it was almost daylight, they stopped in another cave to rest. They were all tired, but happy.

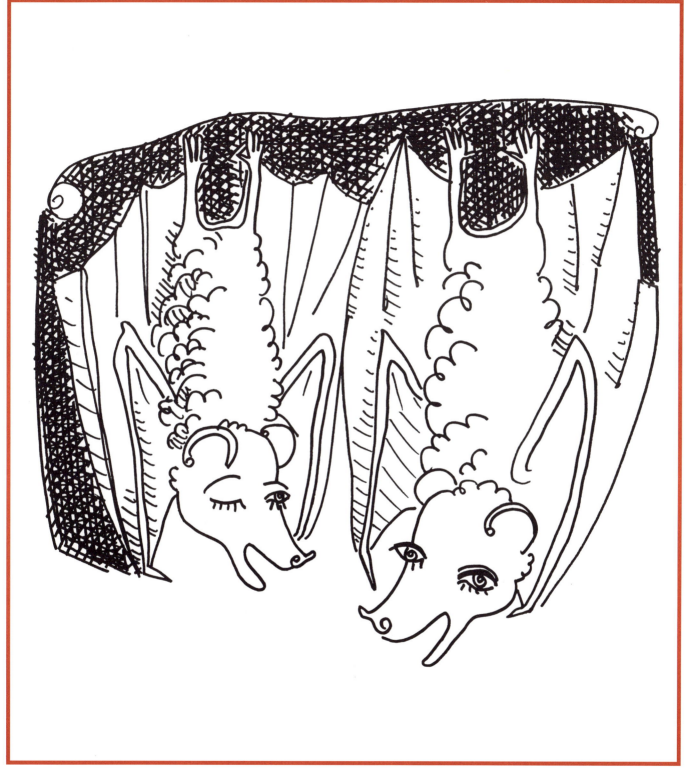

Durante el viaje, Lucía descubría cosas nuevas que la maravillaban, como unos campos enormes de un color azul increíble que brillaban bajo la luz de la luna. Le preguntó a su mamá, "¿No es esa la planta que da las flores que nos alimentan, Mamá?"

"Sí hija, pero en éste lugar hace mucho tiempo que no encontramos ninguna flor. Por ahora, éste no es un buen lugar para buscar comida. Y más vale que nos demos prisa. Todavía nos falta bastante para llegar al siguiente refugio."

During the trip, Lucia discovered new things that amazed her. She saw huge fields of an incredible blue color that shone in the moonlight. "Aren't those the plants that have the flowers we like?" Lucia asked her mother.

"Yes, little one," her mother said, "but they haven't had flowers for a long time. For now, this is not a good place to look for food. We´d better fly faster. We still have a long way before we get to the next cave where we'll spend the day."

Después de unas horas llegaron todos los murciélagos, se colgaron y casi había salido el sol cuando se quedaron profundamente dormidos, ¡estaban rendidos! Cuando por fin todo estaba en silencio, unos fuertes ruidos y gritos los despertaron. Unos humanos habían entrado a la cueva portando unas luces fuertísimas, y para colmo les aventaban piedras. Los murciélagos se asustaron muchísimo, y tratando de esquivar las piedras, apenas pudieron salir volando.

Después de un rato encontraron otro refugio, entraron y se acomodaron colgando todos muy juntitos, porque todavía, seguían muy asustados. Lucía estaba temblando. Su madre la abrazó y la tranquilizó, "Ya estamos a salvo. Aquí no van a entrar humanos, y nunca más volveremos a esa cueva.

After flying for several hours, the bats arrived at the next cave. They were exhausted, and hung upside down to sleep. A short time later, screams and loud noises woke them. Humans were in the cave. They carried bright lights, and threw stones at the bats.

The frightened bats barely managed to escape and fly away. After they found another cave that was safe, they huddled close together, but they were still very scared. Lucia was trembling. Her mother hugged her and comforted her. "We're safe now," her mother said. "The humans can't find us here. We'll never go back to that other cave."

Habían pasado muchos días viajando cuando al atardecer Lucía percibió un olor completamente distinto a los que conocía. "Hija, ese aroma es del mar," su madre le dijo. "El mar es como un gran campo de agua con sal que se mueve lentamente y cambia de color en la luz de la luna."

Volaron un rato más, y de repente su madre sonriente le dijo, "¡Mira! Esa es la cueva dónde vamos a ver a los otros murciélagos."

Lucía no podía creer lo que veían sus ojos. La cueva era enorme y preciosa. Había agua de mar que se movía suave y constantemente produciendo un sonido que más bien parecía música. Feliz, Lucía se colgó de una de las piedras de la maravillosa cueva y se quedó dormida.

The bats traveled for many days. Then one evening, Lucia smelled something different from anything she'd ever smelled before. "That smell is the sea," her mother said. "The sea is like a huge field of salty water that moves and changes colors in the moonlight."

They flew awhile longer and suddenly Lucia's mother smiled and said, "Look! There's the cave where we'll meet the other bats!"

Lucia couldn't believe her eyes. The cave was huge and beautiful. Sea water moved gently in and out with a musical sound. Happy, Lucia hung upside down from a stone and fell asleep.

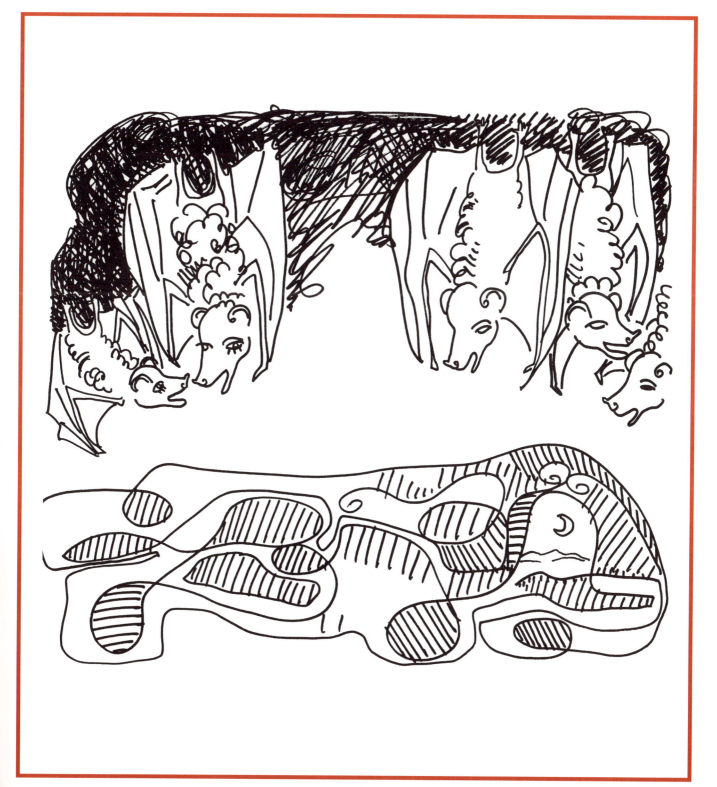

Al caer la tarde, Lucía despertó y vió que la cueva estaba completamente llena de murciélagos de su especie. ¡Eran miles y miles!

Lucía pasaba los días volando por todos lados, platicando con cuanto murciélago encontraba en su camino. Había hecho muchos amigos, y pasaban tiempo juntos, metiéndose por todas partes y dando largos paseos para buscar comida, y en el día, dormían juntos.

At sunset, Lucia woke up and saw that the cave was completely full of other nectar bats. There were thousands and thousands of them!

Lucia flew all over, chatting with as many bats as she could. She made many friends. At night, they flew together searching for food, and during the day, they roosted together.

Lucía se sentía el murciélago más feliz de la tierra. Hasta que un buen día se dió cuenta de que poco a poco ya no regresaban a la gran cueva varios grupos de murciélagos porque iban regresando a las cuevas del verano.

Algo en su interior le indicó que para ella también había llegado el momento de dejar ese lugar. De pronto sintió una tristeza enorme porque no quería dejar de ver a sus amigos.

Lucia felt like the happiest bat in the world. Then one night she realized fewer and fewer bats were returning to the cave. They were going back to their summer caves.

Something inside her told her that it was almost time for her to leave, too. Suddenly she was sad, because she did not want to leave her friends.

Lucía volaba un poco triste y cabizbaja. Al verla así su madre se le acercó. "Extraño mucho a mis amigos," dijo Lucía.

"Ven pequeña, no te preocupes. El próximo año, los volverás a ver," le dijo su mamá. "¿Ves ese cactus?. Cuando veníamos tenía unas flores deliciosas pero ahora tiene unas frutitas rojas que están todavía más ricas, se llaman pitayas. Come un poco."

Al probarlas Lucía se sintió muy reconfortada. Había recuperado la energía y estaba contenta. Vería a los otros murciélagos otra vez el año próximo. Alcanzaron a su grupo y siguieron volando.

The next night, Lucia joined the bats from her own colony, and flew away. Her mother flew next to her, and looked into Lucia's sad eyes. "I miss my friends," said Lucia.

"Come, my little one," Lucia's mother said. "Do you see that cactus? When we first arrived, it had delicious flowers. Now it has little red fruits called pitayas that taste even better. Eat some."

Lucia tasted the sweet fruits and felt better. She was full of energy and she was happy. She would see the other bats again next year.

Al llegar a la otra cueva, Lucía la reconoció en seguida. ¡Era la cueva donde ella había nacido! Después de volar por todos lados, se colgó junto a su madre.

Estaba en casa, pero se sentía muy distinta. Ya no era una pequeña. Ya sabía sobrevivir por sí misma y sabía también que la vida está llena de experiencias maravillosas. Ahora sí, Lucía estaba lista para enseñarle a su futura cría todo lo que su sabia madre le había enseñado.

When they finally arrived at the other cave, Lucia recognized it immediately. It was the cave where she was born. After flying all around, she hung upside down next to her mother.

Lucia was home, but she felt quite different. She was not a little bat anymore. She knew how to survive on her own, and she also knew that life was full of wonderful experiences. One day, she would teach her own baby the things her mother had taught her.

Did You Know?

Nectar feeding bats have well developed sight and smell senses that help them detect visual and olfactory signals that are used by flowers to broadcast their presence at night?

Due to their migratory behavior and their specialized feeding habits, many nectar feeding bats are more vulnerable to extinction than other species of bats.

Bats pollinate very important plants like agaves. Agave fibers are used to make strings, sandals, hammocks, etc. These plants are also used in ceremonies, as medicine, and to make alcoholic beverages such as mezcal, bacanora, and the famous tequila.

¿Sabías que?

Los murciélagos polinívoros poseen una vista y un olfato bien desarrollado, que les ayuda a detectar las señales visuales y olfativas que utilizan las flores para anunciar su presencia durante la noche.

Debido a su conducta migratoria y a sus hábitos alimenticios tan especializados, muchos murciélagos polinívoros son los más vulnerables a la extinción que otras especies de murciélagos.

Los murciélagos polinizan plantas de gran importancia como el agave. El agave se extraen fibras para la fabricación de cuerdas, sandalias, hamacas, etc. Además de darles un uso ceremonial y medicinal, así como para la elaboración de diversas bebidas alcohólicas como el mezcal, bacanora y el famoso tequila.

Did You Know?

Bats pollinate more than 500 kinds of plants. Many of these plants are economically important and could not be pollinated without the help of bats.

Hummingbirds, white-winged doves, bees, bumble bees, butterflies, moths, wasps, flies, and ants are among the best known pollinators. Another very important group, whose role is unknown by many, is nectarivorous or pollinivorous bats.

Plants that are pollinated by bats have developed special characteristics such as flowers that open at night and have pale or slightly reddish colors, so they can be easily located or detected in the darkness of the night. Also their odor is very strong and pungent.

¿Sabías que?

Los murciélagos polinizan más de 500 tipos diferentes de plantas muchas de las cuales tienen importancia económica y no podrían polinizarse sin ayuda de los murciélagos.

Entre los polinizadores más conocidos están los colibríes, las palomas de alas blancas, abejas, abejorros, mariposas, polillas, avispas, moscas, hormigas. Pero uno de éstos grupos de polinizadores, cuya labor es desconocida por muchos son los murciélagos nectarívoros o polinívoros.

Las plantas polinizadas por los murciélagos han desarrollado características especiales como las flores se abren de noche, tienen colores pálidos o son ligeramente rojizas para ser localizadas o detectadas fácilmente en la obscuridad de la noche y presentan un fuerte y penetrante olor.

Recommended books about bats for further reading (in English)

Batman: Exploring the World of Bats
by Laurence Pringle, Charles Scribner's Sons, New York, 1991
The story of Merlin Tuttle's fascination with bats from his youth until he founded Bat Conservation International, Inc. 24 color photographs.

Extremely Weird Bats
by Sarah Lovett, John Muir Publications, Santa Fe, 1991
Descriptions of 21 of the world's most interesting and unusual bat species with full-page color photographs.

Marcelo el Murciélago / Marcelo the Bat
by Laura Navarro, illustrations by Juan Sebastián
Bat Conservation International, Inc., Austin, Texas, 1997
A heartwarming bilingual tale about a young bat's confusion when his colony migrates. First in the series of Spanish-English storybooks from Bat Conservation International and the PCMM.

Shadows of the Night: The Hidden World of the Little Brown Bat
by Barbara Bash, Sierra Club Books for Children, San Francisco, 1993
A description of a year in the life of a little brown bat, illustrated with rich watercolors.

Stellaluna
by Janell Cannon, Harcourt, Brace & Company, New York, 1993
A beautifully illustrated story about a bat raised by birds.

Valentín, un Murciélago Especial/ Valentin, a Special Bat
by Laura Navarro, illustrations by Juan Sebastián
Bat Conservation International, Inc., Austin, Texas, 1998
Second in the series of BCI-PCMM Spanish-English children's books, this story follows the journey of a young vampire bat as he tries to eat foods other than blood so as not to be labeled "evil."

Don Sabino, El Murciélago de la Ciudad / Don Sabino, the City Bat
by Laura Navarro, illustrations by Juan Sebastián
Bat Conservation International, Inc., Austin, Texas, 1999
This is the third book of the bilingual series of children's stories produced by BCI-PCMM. In this story a very old and wise bat teaches a young, lost, bat to survive in the city.

Libros sobre murciélagos recomendados para lecturas adicionales (en español)

Marcelo el Murciélago / Marcelo the Bat
por Laura Navarro, dibujos por Juan Sebastián
Bat Conservation International, Inc., Austin, Texas, 1997
Una entrañable historia bilingüe acerca de la confusión de un pequeño murciélago cuando su colonia inicia la migración. Es el primero de una serie de cuentos en español e ingles producidos por Bat Conservation International y el PCMM.

Rufus
por Tomi Ungerer, Alfaguara, España, 1980
Rufus es un murciélago curioso que descubre de pronto lo bellos que son los colores del universo, un día se pinta de bonitos tonos y la gente se asusta de él.

Tuiiiii
por Gilberto Rendón Ortiz, dibujos por Trino Camacho, color por Martha Aviles, Consejo Nacional para la Cultura y las Artes y C.E.L.T.A. Amaquemecan, Mexico, 1992
Un niño se hace compañero inseparable de un murciélago. Pero su tribu no tenía gran simpatía hasta que un día descubrieron algo maravilloso.

Valentín, un Murciélago Especial / Valentin, a Special Bat
por Laura Navarro, dibujos por Juan Sebastián
Bat Conservation International, Inc., Austin, Texas, 1998
Es el segundo de la serie de cuentos bilingües para niños producidos por BCI-PCMM. Esta historia trata de un pequeño murciélago vampiro que trata de comer ostras cosas en vez de sangre para que no lo llamen "malo."

Don Sabino, el Murciélago de la Ciudad / Don Sabino, the City Bat
por Laura Navarro, dibujos por Juan Sebastián
Bat Conservation International, Inc., Austin, Texas, 1999
Es el tercero de la serie de cuentos bilingües para niños producido por BCI-PCMM. Es la historia de un murciélago viejito y muy sabio que por casualidad conoce a un murciélago extraviado en la Ciudad y le enseña como se puede vivir en ella.

THIS BOOK is a product of Bat Conservation International and the Program for the Conservation of Migratory Bats of Mexico and the United States (PCMM).

Bat Conservation International (BCI) is a nonprofit organization committed to the protection of bats and their habitats. BCI addresses this uniquely challenging and neglected area of conservation by changing attitudes, not by confrontation. All of BCI's efforts are based on scientific research, public education, and direct conservation.

The PCMM is a collaboration between BCI, the Institute of Ecology of the National University of Mexico, the U.S. Fish and Wildlife Service (USFWS), and other universities, organizations, and government agencies on both sides of the border. Through research, education, and partnership, the PCMM is working to recover and conserve the populations of migratory bats that move between Mexico and the United States.

Bat Conservation International, Inc.

P.O. Box 162603 Austin, Texas 78716 USA
Phone: (512) 327-9721
Fax: (512) 327-9724
http://www.batcon.org

ESTE LIBRO es una producción de Bat Conservation International y el Programa Para La Conservación de Los Murciélagos Migratorios de México y Los Estados Unidos (PCMM).

Bat Conservation International (BCI) es una organización no lucrativa comprometida con la protección de los murciélagos y sus hábitats. BCI se dedica a esta área de la conservación tan singular, desafiante y desatendida a través de propiciar un cambio en las actitudes, y no por confrontación. Todos los esfuerzos de BCI están basados en investigación científica, educación del público y conservación directa.

El PCMM es una colaboración entre BCI, el Instituto de Ecología de la Universidad Nacional Autónoma de México, USFWS, y otras universidades, organizaciones y agencias gubernamentales a ambos lados de la frontera. A través de investigación, educación y colaboraciones, el PCMM trabaja para recuperar y conservar las poblaciones de murciélagos migratorios que se mueven entre México y los Estados Unidos.

Programa Para La Conservación de Los Murciélagos Migratorios de Mexico y Los Estados Unidos

Tel: 51351219/51350654
Apartado Postal: 70-598
Admon: 70 C.P. 04511 México, D.F.